D0861863

letras mexicanas

42

LA ESTACIÓN VIOLENTA

La estación violenta

por

<small>Octavio Paz</small>

---

letras mexicanas

FONDO DE CULTURA ECONOMICA

Primera edición,   1958
Sexta reimpresión, 1995

D. R. © 1990, Fondo de Cultura Económica, S. A. de C. V.
D. R. © 1995, Fondo de Cultura Económica
Carretera Picacho-Ajusco 227; 14200 México, D. F.

ISBN 968-16-1150-0

Impreso en México

O Soleil c'est le temps de la Raison ardente.

APOLLINAIRE

HIMNO ENTRE RUINAS

donde espumoso el mar siciliano...

GÓNGORA

CORONADO de sí el día extiende sus plumas.
¡Alto grito amarillo,
caliente surtidor en el centro de un cielo
imparcial y benéfico!
Las apariencias son hermosas en esta su verdad
    momentánea.
El mar trepa la costa,
se afianza entre las peñas, araña deslumbrante;
la herida cárdena del monte resplandece;
un puñado de cabras es un rebaño de piedras;
el sol pone su huevo de oro y se derrama sobre el
    mar.
Todo es dios.
¡Estatua rota,
columnas comidas por la luz,
ruinas vivas en un mundo de muertos en vida!

Cae la noche sobre Teotihuacán.
En lo alto de la pirámide los muchachos fuman
marihuana,
suenan guitarras roncas.
¿Qué yerba, qué agua de vida ha de darnos la
vida,
dónde desenterrar la palabra,
la proporción que rige al himno y al discurso,
al baile, a la ciudad y a la balanza?
El canto mexicano estalla en un carajo,
estrella de colores que se apaga,
piedra que nos cierra las puertas del contacto.
Sabe la tierra a tierra envejecida.

Los ojos ven, las manos tocan.
Bastan aquí unas cuantas cosas:
tuna, espinoso planeta coral,
higos encapuchados,
uvas con gusto a resurrección,
almejas, virginidades ariscas,
sal, queso, vino, pan solar.
Desde lo alto de su morenía una isleña me mira,
esbelta catedral vestida de luz.

10

Torres de sal, contra los pinos verdes de la orilla
surgen las velas blancas de las barcas.
La luz crea templos en el mar.

Nueva York, Londres, Moscú.
La sombra cubre al llano con su yedra fantasma,
con su vacilante vegetación de escalofrío,
su vello ralo, su tropel de ratas.
A trechos tirita un sol anémico.
Acodado en montes que ayer fueron ciudades,
*   Polifemo bosteza.*
Abajo, entre los hoyos, se arrastra un rebaño de
*   hombres.*
(Bípedos domésticos, su carne
—a pesar de recientes interdicciones religiosas—
es muy gustada por las clases ricas.
Hasta hace poco el vulgo los consideraba animales
*   impuros.)*

Ver, tocar formas hermosas, diarias.
Zumba la luz, dardos y alas.
Huele a sangre la mancha de vino en el mantel.
Como el coral sus ramas en el agua
extiendo mis sentidos en la hora viva:

11

el instante se cumple en una concordancia amarilla,
¡oh mediodía, espiga henchida de minutos,
copa de eternidad!

*Mis pensamientos se bifurcan, serpean, se enredan,
recomienzan,
y al fin se inmovilizan, ríos que no desembocan,
delta de sangre bajo un sol sin crepúsculo.
¿Y todo ha de parar en este chapoteo de aguas
muertas?*

¡Día, redondo día,
luminosa naranja de veinticuatro gajos,
todos atravesados por una misma y amarilla
dulzura!
La inteligencia al fin encarna,
se reconcilian las dos mitades enemigas
y la conciencia-espejo se licúa,
vuelve a ser fuente, manantial de fábulas:
Hombre, árbol de imágenes,
palabras que son flores que son frutos que son
actos.

Nápoles, 1948

12

MÁSCARAS DEL ALBA

Sobre el tablero de la plaza
se demoran las últimas estrellas.
Torres de luz y alfiles afilados
cercan las monarquías espectrales.
¡Vano ajedrez, ayer combate de ángeles!

Fulgor de agua estancada donde flotan
pequeñas alegrías ya verdosas,
la manzana podrida de un deseo,
un rostro recomido por la luna,
el minuto arrugado de una espera,
todo lo que la vida no consume,
los restos del festín de la impaciencia.

Abre los ojos el agonizante.
Esa brizna de luz que tras cortinas
espía al que la expía entre estertores
es la mirada que no mira y mira,
el ojo en que espejean las imágenes

antes de despeñarse, el precipicio
cristalino, la tumba de diamante:
es el espejo que devora espejos.

Olivia, la ojizarca que pulsaba,
las blancas manos entre cuerdas verdes,
el arpa de cristal de la cascada,
nada contra corriente hasta la orilla
del despertar: la cama, el haz de ropas,
las manchas hidrográficas del muro,
ese cuerpo sin nombre que a su lado
mastica profecías y rezongos
y la abominación del cielo raso.
Bosteza lo real sus naderías,
se repite en horrores desventrados.

El prisionero de sus pensamientos
teje y desteje su tejido a ciegas,
escarba sus heridas, deletrea
las letras de su nombre, las dispersa,
y ellas insisten en el mismo estrago:
se engastan en su nombre desgastado.
Va de sí mismo hacia sí mismo, vuelve,
en el centro de sí se pára y grita

¿quién va? y el surtidor de su pregunta
abre su flor absorta, centellea,
silba en el tallo, dobla la cabeza,
y al fin, vertiginoso, se desploma
roto como la espada contra el muro.

La joven domadora de relámpagos
y la que se desliza sobre el filo
resplandeciente de la guillotina;
el señor que desciende de la luna
con un fragante ramo de epitafios;
la frígida que lima en el insomnio
el pedernal gastado de su sexo;
el hombre puro en cuya sien anida
el águila real, la cejijunta
voracidad de un pensamiento fijo;
el árbol de ocho brazos anudados
que el rayo del amor derriba, incendia
y carboniza en lechos transitorios;
el enterrado en vida con su pena;
la joven muerta que se prostituye
y regresa a su tumba al primer gallo;
la víctima que busca a su asesino;
el que perdió su cuerpo, el que su sombra,

el que huye de sí y el que se busca
y se persigue y no se encuentra, todos,
vivos muertos al borde del instante
se detienen suspensos. Duda el tiempo,
el día titubea.

                    Soñolienta
en su lecho de fango, abre los ojos
Venecia y se recuerda: ¡pabellones
y un alto vuelo que se petrifica!
Oh esplendor anegado...
Los caballos de bronce de San Marcos
cruzan arquitecturas que vacilan,
descienden verdinegros hasta el agua
y se arrojan al mar, hacia Bizancio.

Oscilan masas de estupor y piedra,
mientras los pocos vivos de esta hora...
Pero la luz avanza a grandes pasos,
aplastando bostezos y agonías.
¡Júbilos, resplandores que desgarran!
El alba lanza su primer cuchillo.

Venecia, 1948

16

FUENTE

EL MEDIODÍA alza en vilo al mundo.
Y las piedras donde el viento borra lo que a ciegas
    escribe el tiempo,
las torres que al caer la tarde inclinan la frente,
la nave que hace siglos encalló en la roca, la iglesia
    de oro que tiembla al peso de una cruz de palo,
las plazas donde si un ejército acampa se siente
    desamparado y sin defensa,
el Fuerte que hinca la rodilla ante la luz que
    irrumpe por la loma,
los parques y el corro cuchicheante de los olmos
    y los álamos,
las columnas y los arcos a la medida exacta de la
    gloria,
la muralla que abierta al sol dormita, echada
    sobre sí misma, sobre su propia hosquedad
    desplomada,
el rincón visitado sólo por los misántropos que
    rondan las afueras: el pino y el sauce,

los mercados bajo el fuego graneado de los gritos,
el muro a media calle, que nadie sabe quién
edificó ni con qué fin, el desollado, el muro
en piedra viva,
todo lo atado al suelo por amor de materia
enamorada rompe amarras
y asciende radiante entre las manos intangibles de
esta hora.

El viejo mundo de las piedras se levanta y vuela.
Es un pueblo de ballenas y delfines que retozan
en pleno cielo, arrojándose grandes chorros
de gloria;
y los cuerpos de piedra, arrastrados por el lento
huracán de calor,
escurren luz y entre las nubes relucen, gozosos.
La ciudad lanza sus cadenas al río y vacía de sí
misma,
de su carga de sangre, de su carga de tiempo,
reposa
hecha un ascua, hecha un sol en el centro del
torbellino.
El presente la mece.

Todo es presencia, todos los siglos son este Presente.

¡Ojo feliz que ya no mira porque todo es presencia
y su propia visión fuera de sí lo mira!

¡Hunde la mano, coge el fulgor, el pez solar, la
llama entre lo azul,

el canto que se mece en el fuego del día!

Y la gran ola vuelve y me derriba, echa a volar
la mesa y los papeles y en lo alto de su cresta
me suspende,

música detenida en su más, luz que no pestañea,
ni cede, ni avanza.

Todo es presente, espejo sin revés: no hay sombra,
no hay lado opaco, todo es ojo,

todo es presencia, estoy presente en todas partes
y para ver mejor, para mejor arder, me apago

y caigo en mí y salgo de mí y subo hasta el cohete
y bajo hasta el hachazo

porque la gran esfera, la gran bola de tiempo
incandescente,

el fruto que acumula todos los jugos de la historia,
la presencia, el presente, estalla

como un espejo roto al mediodía, como un mediodía roto contra el mar y la sal.

Toco la piedra y no contesta, cojo la llama y no
me quema, ¿qué esconde esta presencia?

No hay nada atrás, las raíces están quemadas,
podridos los cimientos,

basta un manotazo para echar abajo esta grandeza.

¿Y quién asume la grandeza si nadie asume el
desamparo?

Penetro en mi oquedad: yo no respondo, no me
doy la cara,

perdí el rostro después de haber perdido cuerpo
y alma.

Y mi vida desfila ante mis ojos sin que uno solo de
mis actos lo reconozca mío:

¿y el delirio de hacer saltar la muerte con el
apenas golpe de alas de una imagen

y la larga noche pasada en esculpir el instantáneo
cuerpo del relámpago

y la noche de amor puente colgante entre esta vida
y la otra?

No duele la antigua herida, no arde la vieja
quemadura, es una cicatriz casi borrada

el sitio de la separación, el lugar del desarrai-
go, la boca por donde hablan en sueños la
muerte y la vida
es una cicatriz invisible.
Yo no daría la vida por mi vida: es otra mi
verdadera historia.

La ciudad sigue en pie.
Tiembla en la luz, hermosa.
Se posa el sol en su diestra pacífica.
Son más altos, más blancos los chorros de las
fuentes.
Todo se pone en pie para caer mejor.
Y el caído bajo el hacha de su propio delirio se
levanta.
Malherido, de su frente hendida brota un último
pájaro.
Es el doble de sí mismo,
el joven que cada cien años vuelve a decir unas
palabras, siempre las mismas,
la columna transparente que un instante se oscu-
rece y otro centellea,
según avanza la veloz escritura del destino.

En el centro de la plaza la rota cabeza del poeta
   es una fuente.
La fuente canta para todos.

Aviñón, 1950

REPASO NOCTURNO

Toda la noche batalló con la noche,
ni vivo ni muerto,
a tientas penetrando en su substancia,
llenándose hasta el borde de sí mismo.

Primero fue el extenderse en lo oscuro,
hacerse inmenso en lo inmenso,
reposar en el centro insondable del reposo.
Fluía el tiempo, fluía su ser,
fluían en una sola corriente indivisible.
A zarpazos somnolientos el agua caía y se levan-
        taba,
se despeñaban alma y cuerpo, pensamiento y
        huesos:
¿pedía redención el tiempo,
pedía el agua erguirse, pedía verse,
vuelta transparente monumento de su caída?
Río arriba, donde lo no formado empieza,

23

al agua se desplomaba con los ojos cerrados.
Volvía el tiempo a su origen, manándose.

Allá, del otro lado, un fulgor le hizo señas.
Abrió los ojos, se encontró en la orilla:
ni vivo ni muerto,
al lado de su cuerpo abandonado.
Empezó el asedio de los signos,
la escritura de sangre de la estrella en el cielo,
las ondas concéntricas que levanta una frase
al caer y caer en la conciencia.
Ardió su frente cubierta de inscripciones,
santo y señas súbitos abrieron laberintos y espe-
     suras,
cambiaron reflejos tácitos los cuatro puntos cardi-
     nales.
Su pensamiento mismo, entre los obeliscos derri-
     bado,
fue piedra negra tatuada por el rayo.
Pero el sueño no vino.

¡Ciega batalla de alusiones,
oscuro cuerpo a cuerpo con el tiempo sin cuerpo!

24

Cayó de rostro en rostro,

                  de año en año,

hasta el primer vagido:

                  humus de vida,

tierra que se destierra,

                  cuerpo que se desnace,

vivo para la muerte,

                  muerto para la vida.

(A esta hora hay mediadores en todas partes,
hay puentes invisibles entre el dormir y el velar.
Los dormidos muerden el racimo de su propia
    fatiga,
el racimo solar de la resurrección cotidiana;
los desvelados tallan el diamante que ha de vencer
    a la noche;
aun los que están solos llevan en sí su pareja
    encarnizada,
en cada espejo yace un doble,
un adversario que nos refleja y nos abisma;
el fuego precioso oculto bajo la capa de seda negra,
el vampiro ladrón dobla la esquina y desaparece,
    ligero,
robado por su propia ligereza;

con el peso de su acto a cuestas
se precipita en su dormir sin sueño el asesino,
ya para siempre a solas, sin el otro;
abandonados a la corriente todopoderosa,
flor doble que brota de un tallo único,
los enamorados cierran los ojos en lo alto del beso:
la noche se abre para ellos y les devuelve lo
        perdido,
las palabras dormidas en los labios del agua, en
        la frente del árbol, en el pecho del monte,
el vino negro en la copa hecha de una sola gota
        de sol,
la visión doble, la mariposa fija por un instante
        en el centro del cielo,
en el ala derecha un grano de luz y en la izquierda
        uno de sombra.
Reposa la ciudad en los hombros del obrero
        dormido,
la semilla del canto se abre en la frente del poeta.)

El escorpión ermitaño en la sombra se aguza.
¡Noche en entredicho,
instante que balbucea y no acaba de decir lo que
        quiere!

¿Saldrá mañana el sol,
se anega el astro en su luz,
se ahoga en su cólera fija?
¿Cómo decir buenos días a la vida?
No preguntes más,
no hay nada que decir, nada tampoco que callar.
El pensamiento brilla, se apaga, vuelve,
idéntico a sí mismo se devora y engendra, se
    repite,
ni vivo ni muerto,
en torno siempre al ojo frío que lo piensa.

Volvió a su cuerpo, se metió en sí mismo.
Y el sol tocó la frente del insomne,
brusca victoria de un espejo que no refleja ya
    ninguna imagen.

París, 1950

Como una madre demasiado amorosa, una madre
    terrible que ahoga,
como una leona taciturna y solar,
como una sola ola del tamaño del mar,
ha llegado sin hacer ruido y en cada uno de
    nosotros se asienta como un rey
y los días de vidrio se derriten y en cada pecho
    erige un trono de espinas y de brasas
y su imperio es un hipo solemne, una aplastada
    respiración de dioses y animales de ojos
    dilatados
y bocas llenas de insectos calientes pronunciando
    una misma sílaba día y noche, día y noche.
¡Verano, boca inmensa, vocal hecha de vaho y
    jadeo!

Este día herido de muerte que se arrastra a lo
    largo del tiempo sin acabar de morir,

y el día que lo sigue y ya escarba impaciente la
    indecisa tierra del alba,
y los otros que esperan su hora en los vastos
    establos del año,
este día y sus cuatro cachorros, la mañana de cola
    de cristal y el mediodía con su ojo único,
el mediodía absorto en su luz, sentado en su
    esplendor,
la tarde rica en pájaros y la noche con sus luceros
    armados de punta en blanco,
este día y las presencias que alza o derriba el sol
    con un simple aletazo:
la muchacha que aparece en la plaza y es un
    chorro de frescura pausada,
el mendigo que se levanta como una flaca plegaria,
    montón de basura y cánticos gangosos,
las bugambilias rojas negras a fuerza de encar-
    nadas, moradas de tanto azul acumulado,
las mujeres albañiles que llevan una piedra en la
    cabeza como si llevasen un sol apagado,
la bella en su cueva de estalactitas y el son de sus
    ajorcas de escorpiones,
el hombre cubierto de ceniza que adora al falo,
    al estiércol y al agua,

los músicos que arrancan chispas a la madrugada
y hacen bajar al suelo la tempestad airosa de
la danza,
el collar de centellas, las guirnaldas de electricidad
balanceándose en mitad de la noche,
los niños desvelados que se espulgan a la luz de
la luna,
los padres y las madres con sus rebaños familiares
y sus bestias adormecidas y sus dioses petri-
ficados hace mil años,
las mariposas, los buitres, las serpientes, los monos,
las vacas, los insectos parecidos al delirio,
todo este largo día con su terrible cargamento de
seres y de cosas encalla lentamente en el
tiempo parado.

Todos vamos cayendo con el día, todos entramos
en el túnel,
atravesamos corredores interminables cuyas paredes de aire sólido se cierran,
nos internamos en nosotros y a cada paso el animal
humano jadea y se desploma,
retrocedemos, vamos hacia atrás, el animal pierde
futuro a cada paso,

30

y lo erguido y duro y óseo en nosotros al fin cede
   y cae pesadamente en la boca madre.

Dentro de mí me apiño, en mí mismo me hacino
   y al apiñarme me derramo,
soy lo extendido dilatándose, lo repleto vertiéndose
   y llenándose,
no hay vértigo ni espejo ni náusea ante el espejo,
   no hay caída,
sólo un estar, un derramado estar, llenos hasta los
   bordes, todos a la deriva:
no como el arco que se encorva y sobre sí se dobla
   para que el dardo salte y dé en el centro justo,
ni como el pecho que lo aguarda y a quien la
   espera dibuja ya la herida,
no concentrados ni en arrobo, sino a tumbos, de
   peldaño en peldaño, agua vertida, volvemos
   al principio.
Y la cabeza cae sobre el pecho y el cuerpo cae
   sobre el cuerpo sin encontrar su fin, su cuerpo
   último.

No, asir la antigua imagen: ¡anclar el ser y en la
   roca plantarlo, zócalo del relámpago!

Hay piedras que no ceden, piedras hechas de
    tiempo, tiempo de piedra, siglos que son
    columnas,
asambleas que cantan himnos de piedra,
surtidores de jade, jardines de obsidiana, torres
    de mármol, alta belleza armada contra el
    tiempo.
Un día rozó mi mano toda esa gloria erguida.
Pero también las piedras pierden pie, también las
    piedras son imágenes,
y caen y se disgregan y confunden y fluyen con
    el río que no cesa.
También las piedras son el río.
¿Dónde está el hombre, el que da vida a las
    piedras de los muertos, el que hace hablar pie-
    dras y muertos?
Las fundaciones de la piedra y de la música,
la fábrica de espejos del discurso y el castillo de
    fuego del poema
enlazan sus raíces en su pecho, descansan en su
    frente: él los sostiene a pulso.
Tras la coraza de cristal de roca busqué al hombre,
    palpé a tientas la brecha imperceptible:

32

nacemos y es un rasguño apenas la desgarradura
y nunca cicatriza y arde y es una estrella de
luz propia,
nunca se apaga la diminuta llaga, nunca se borra
la señal de sangre, por esa puerta nos vamos
a lo oscuro.
También el hombre fluye, también el hombre cae
y es una imagen que se desvanece.

Pantanos del sopor, algas acumuladas, cataratas
de abejas sobre los ojos mal cerrados,
festín de arena, horas mascadas, imágenes mascadas, vida mascada siglos
hasta no ser sino una confusión estática que entre
las aguas somnolientas sobrenada,
agua de ojos, agua de bocas, agua nupcial y ensi-
mismada, agua incestuosa,
agua de dioses, cópula de dioses, agua de astros
y reptiles, selvas de agua de cuerpos incen-
diados,
beatitud de lo repleto sobre sí mismo derramán-
dose, no somos, no quiero ser
Dios, no quiero ser a tientas, no quiero regresar,
soy hombre y el hombre es

el hombre, el que saltó al vacío y nada lo sustenta
    desde entonces sino su propio vuelo,
el desprendido de su madre, el desterrado, el sin
    raíces, ni cielo ni tierra, sino puente, arco
tendido sobre la nada, en sí mismo anudado, hecho
    haz, y no obstante partido en dos desde el
    nacer, peleando
contra su sombra, corriendo siempre tras de sí,
    disparado, exhalado, sin jamás alcanzarse,
el condenado desde niño, destilador del tiempo,
    rey de sí mismo, hijo de sus obras.

Se despeñan las últimas imágenes y el río negro
    anega la conciencia,
la noche dobla la cintura, cede el alma, caen
    racimos de horas confundidas, cae el hombre
como un astro, caen racimos de astros, como un
    fruto demasiado maduro cae el mundo y sus
    soles.
Pero en mi frente velan armas la adolescencia y
    sus imágenes, sólo tesoro no dilapidado:
naves ardiendo en mares todavía sin nombre y
    cada ola golpeando la memoria con un tu-
    multo de recuerdos

(el agua dulce en las cisternas de las islas, el agua
   dulce de las mujeres y sus voces sonando en
   la noche como muchos arroyos que se juntan,
la diosa de ojos verdes y palabras humanas que
   plantó en nuestro pecho sus razones como
   una hermosa procesión de lanzas,
la reflexión sosegada ante la esfera, henchida de
   sí misma como una espiga, mas inmortal,
   perfecta, suficiente,
la contemplación de los números que se enlazan
   como notas o amantes,
el universo como una lira y un arco y la geometría
   vencedora de dioses, ¡única morada digna del
   hombre!)
y la ciudad de altas murallas que en la llanura
   centellea como una joya que agoniza
y los torreones demolidos y el defensor por tierra
   y en las cámaras humeantes el tesoro real de
   las mujeres
y el epitafio del héroe apostado en la garganta del
   desfiladero como una espada
y el poema que asciende y cubre con sus dos alas
   el abrazo de la noche y el día

y el árbol recto del discurso en la plaza plantado
    virilmente
y la justicia al aire libre de un pueblo que pesa
    cada acto en la balanza de un alma sensible
    al peso de la luz,
¡actos, altas piras quemadas por la historia!
Bajo sus restos negros dormita la verdad que le-
    vantó las obras: el hombre sólo es hombre
    entre los hombres.

Y hundo la mano y cojo el grano incandescente y
    lo planto en mi ser: ha de crecer un día.

Delhi, 1952

¿NO HAY SALIDA?

En DUERMEVELA oigo correr entre bultos adormi-
   lados y ceñudos un incesante río.
Es la catarata negra y blanca, las voces, las risas,
   los gemidos del mundo confuso, despeñán-
   dose.
Y mi pensamiento que galopa y galopa y no avanza,
   también cae y se levanta
y vuelve a despeñarse en las aguas estancadas del
   lenguaje.
¡Palabras para sellar al mundo con un sello inde-
   leble o para abrirlo de par en par,
sílabas arrancadas al árbol del idioma, hachas
   contra la muerte, proas donde se rompe la
   gran ola del vacío,
heridas, surtidores, conos esbeltos que levanta el
   insomnio!
Hace un segundo habría sido fácil coger una palabra y repetirla una vez y otra vez,

cualquiera de esas frases que decimos a solas en
    un cuarto sin espejos
para probarnos que no es cierto,
                                que aún estamos vivos,
pero ahora con manos que no pesan la noche
    aquieta la furiosa marea
y una a una desertan las imágenes, una a una las
    palabras se cubren el rostro.

Pasó ya el tiempo de esperar la llegada del tiempo,
    el tiempo de ayer, hoy y mañana,
ayer es hoy, mañana es hoy, hoy todo es hoy, salió
    de pronto de sí mismo y me mira,
no viene del pasado, no va a ninguna parte, hoy
    está aquí, no es la muerte
—nadie se muere de la muerte, todos morimos de
    la vida—, no es la vida
—fruto instantáneo, vertiginosa y lúcida embria-
    guez, el vacío sabor de la muerte da más vida
    a la vida—,
hoy no es muerte ni vida,
no tiene cuerpo, ni nombre, ni rostro, hoy está aquí,
    echado a mis pies, mirándome.

Yo estoy de pie, quieto en el centro del círculo que
	hago al ir cayendo desde mis pensamientos,
estoy de pie y no tengo adonde volver los ojos, no
	queda ni una brizna del pasado,
toda la infancia se la tragó este instante y todo
	el porvenir son estos muebles clavados en su
	sitio,
el ropero con su cara de palo, las sillas alineadas
	en espera de nadie,
el rechoncho sillón con los brazos abiertos, obsceno
	como morir en su lecho,
el ventilador, insecto engreído, la ventana menti-
	rosa, el presente sin resquicios,
todo se ha cerrado sobre sí mismo, he vuelto
	adonde empecé, todo es hoy y para siempre.

Allá, del otro lado, se extienden las playas inmen-
	sas como una mirada de amor,
allá la noche vestida de agua despliega sus jeroglí-
	ficos al alcance de la mano,
el río entra cantando por el llano dormido y moja
	las raíces de la palabra libertad,
allá los cuerpos enlazados se pierden en un bosque
	de árboles transparentes,

bajo el follaje del sol caminamos, amor mío,
    somos dos reflejos que cruzan sus aceros,
la plata nos tiende puentes para cruzar la noche,
    las piedras nos abren paso,
allá tú eres el tatuaje en el pecho del jade caído
    de la luna, allá el diamante insomne cede
y en su centro vacío somos el ojo que nunca
    parpadea y la fijeza del instante ensimismado
    en su esplendor.

Todo está lejos, no hay regreso, los muertos no
    están muertos, los vivos no están vivos,
hay un muro, un ojo que es un pozo, todo tira
    hacia abajo, pesa el cuerpo,
pesan los pensamientos, todos los años son este
    minuto desplomándose interminablemente,
aquel cuarto de hotel de San Francisco me salió al
    paso en Bangkok, hoy es ayer, mañana es
    ayer,
la realidad es una escalera que no sube ni baja, no
    nos movemos, hoy es hoy, siempre es hoy,
siempre el ruido de los trenes que despedazan cada
    noche a la noche,
el recurrir a las palabras melladas,

la perforación del muro, las idas y venidas, la realidad cerrando puertas,

poniendo comas, la puntuación del tiempo, todo está lejos, los muros son enormes,

está a millas de distancia el vaso de agua, tardaré mil años en recorrer mi cuarto,

qué sonido remoto tiene la palabra vida, no estoy aquí, no hay aquí, este cuarto está en otra parte,

aquí es ninguna parte, poco a poco me he ido cerrando y no encuentro salida que no dé a este instante,

este instante soy yo, salí de pronto de mí mismo, no tengo nombre ni rostro,

yo está aquí, echado a mis pies, mirándome mirándose mirarme mirado.

Fuera, en los jardines que arrasó el verano, una cigarra se ensaña contra la noche.

¿Estoy o estuve aquí?

Tokio, 1952

EL RÍO

La ciudad desvelada circula por mi sangre como
    una abeja.
Y el avión que traza un gemido en forma de S larga,
    los tranvías que se derrumban en esquinas
    remotas,
ese árbol cargado de injurias que alguien sacude
    a medianoche en la plaza,
los ruidos que ascienden y estallan y los que se
    deslizan y cuchichean en la oreja un secreto
    que repta,
abren lo oscuro, precipicios de aes y oes, túneles
    de vocales taciturnas,
galerías que recorro con los ojos vendados, el alfa-
    beto somnoliento cae en el hoyo como un río
    de tinta,
y la ciudad va y viene y su cuerpo de piedra se
    hace añicos al llegar a mi sien,
toda la noche, uno a uno, estatua a estatua, fuente
    a fuente, piedra a piedra, toda la noche

sus pedazos se buscan en mi frente, toda la noche
la ciudad habla dormida por mi boca
y es un discurso incomprensible y jadeante, un
tartamudeo de aguas y piedra batallando, su
historia.

Detenerse un instante, detener a mi sangre que va
y viene, va y viene y no dice nada,
sentado sobre mí mismo como el yoguín a la sombra de la higuera, como Buda a la orilla del
río, detener al instante,
un solo instante, sentado a la orilla del tiempo,
borrar mi imagen del río que habla dormido
y no dice nada y me lleva consigo,
sentado a la orilla detener al río, abrir el instante,
penetrar por sus salas atónitas hasta su centro
de agua,
beber en la fuente inagotable, ser la cascada de
sílabas azules que cae de los labios de piedra,
sentado a la orilla de la noche como Buda a la
orilla de sí mismo ser el parpadeo del instante,
el incendio y la destrucción y el nacimiento del

43

instante y la respiración de la noche fluyendo
enorme a la orilla del tiempo,
decir lo que dice el río, larga palabra semejante
a labios, larga palabra que no acaba nunca,
decir lo que dice el tiempo en duras frases de
piedra, en vastos ademanes de mar cubriendo
mundos.

A mitad del poema me sobrecoge siempre un gran
desamparo, todo me abandona,
no hay nadie a mi lado, ni siquiera esos ojos que
desde atrás contemplan lo que escribo,
no hay atrás ni adelante, la pluma se rebela, no
hay comienzo ni fin, tampoco hay muro que
saltar,
es una explanada desierta el poema, lo dicho no
está dicho, lo no dicho es indecible,
torres, terrazas devastadas, babilonias, un mar de
sal negra, un reino ciego,
No,
detenerme, callar, cerrar los ojos hasta que brote
de mis párpados una espiga, un surtidor de
soles,
y el alfabeto ondule largamente bajo el viento del

sueño y la marea crezca en una ola y la ola
rompa el dique,
esperar hasta que el papel se cubra de astros y sea
el poema un bosque de palabras enlazadas,
No,
no tengo nada que decir, nadie tiene nada que
decir, nada ni nadie excepto la sangre,
nada sino este ir y venir de la sangre, este escri-
bir sobre lo escrito y repetir la misma palabra
en mitad del poema,
sílabas de tiempo, letras rotas, gotas de tinta, sangre que va y viene y no dice nada y me lleva
consigo.

Y digo mi rostro inclinado sobre el papel y alguien
a mi lado escribe mientras la sangre va y
viene,
y la ciudad va y viene por su sangre, quiere decir
algo, el tiempo quiere decir algo, la noche
quiere decir,
toda la noche el hombre quiere decir una sola
palabra, decir al fin su discurso hecho de
piedras desmoronadas,

y aguzo el oído, quiero oír lo que dice el hombre,
    repetir lo que dice la ciudad a la deriva,
toda la noche las piedras rotas se buscan a tientas
    en mi frente, toda la noche pelea el agua
    contra la piedra,
las palabras contra la noche, la noche contra la
    noche, nada ilumina el opaco combate,
el choque de las armas no arranca un relámpago
    a la piedra, una chispa a la noche, nadie da
    tregua,
es un combate a muerte entre inmortales, ay, dar
    marcha atrás, parar el río de sangre, el río
    de tinta,
parar el río de las palabras, remontar la corriente
    y que la noche vuelta sobre sí misma muestre
    sus entrañas de oro ardiendo,
que el agua muestre su corazón que es un racimo
    de espejos ahogados, un árbol de cristal que
    el viento desarraiga
(y cada hoja del árbol vuela y centellea y se pierde
    en una luz cruel como se pierden las palabras
    en la imagen del poeta),
que el tiempo se cierre y sea su herida una cicatriz

invisible, apenas una delgada línea sobre la
piel del mundo,
que las palabras depongan armas y sea el poema
una sola palabra entretejida, un resplandor
implacable que avanza,
y sea el alma el llano después del incendio, el
pecho lunar de un mar petrificado que no
refleja nada
sino la extensión extendida, el espacio acostado
sobre sí mismo, las alas inmensas desplegadas,
y sea todo como la llama que se esculpe y se
hiela en la roca de entrañas transparentes,
duro fulgor resuelto ya en cristal y claridad pacífica.

Y el río remonta su curso, repliega sus velas,
recoge sus imágenes y se interna en sí mismo.

Ginebra, 1953

EL CÁNTARO ROTO

LA MIRADA interior se despliega y un mundo de
    vértigo y llama nace bajo la frente del que
    sueña:
soles azules, verdes remolinos, picos de luz que
    abren astros como granadas,
tornasol solitario, ojo de oro girando en el centro
    de una explanada calcinada,
bosques de cristal de sonido, bosques de ecos y
    respuestas y ondas, diálogo de transparencias,
¡viento, galope de agua entre los muros intermi-
    nables de una garganta de azabache,
caballo, cometa, cohete que se clava justo en el
    corazón de la noche, plumas, surtidores,
plumas, súbito florecer de las antorchas, velas,
    alas, invasión de lo blanco,
pájaros de las islas cantando bajo la frente del
    que sueña!

Abrí los ojos, los alcé hasta el cielo y vi cómo la
   noche se cubría de estrellas.
¡Islas vivas, brazaletes de islas llameantes, piedras ardiendo, respirando, racimos de piedras
   vivas,
cuánta fuente, qué claridades, qué cabelleras sobre
   una espalda oscura,
cuánto río allá arriba, y ese sonar remoto de agua
   junto al fuego, de luz contra la sombra!
Harpas, jardines de harpas.

Pero a mi lado no había nadie.
Sólo el llano: cactus, huizaches, piedras enormes
   que estallan bajo el sol.
No cantaba el grillo,
había un vago olor a cal y semillas quemadas,
las calles del poblado eran arroyos secos
y el aire se habría roto en mil pedazos si alguien
   hubiese gritado: ¿quién vive?
Cerros pelados, volcán frío, piedra y jadeo bajo
   tanto esplendor, sequía, sabor de polvo,
rumor de pies descalzos sobre el polvo, ¡y el pirú
   en medio del llano como un surtidor petrificado!

Dime, sequía, dime, tierra quemada, tierra de
huesos remolidos, dime, luna agónica,
¿no hay agua,
hay sólo sangre, sólo hay polvo, sólo pisadas de
pies desnudos sobre la espina,
sólo andrajos y comida de insectos y sopor bajo
el mediodía impío como un cacique de oro?
¿No hay relinchos de caballos a la orilla del río,
entre las grandes piedras redondas y relu-
cientes,
en el remanso, bajo la luz verde de las hojas y los
gritos de los hombres y las mujeres bañándose
al alba?
El dios-maíz, el dios-flor, el dios-agua, el dios-
sangre, la Virgen,
¿todos se han muerto, se han ido, cántaros rotos
al borde de la fuente cegada?
¿Sólo está vivo el sapo,
sólo reluce y brilla en la noche de México el sapo
verduzco,
sólo el cacique gordo de Cempoala es inmortal?
Tendido al pie del divino árbol de jade regado
con sangre, mientras dos esclavos jóvenes lo
abanican,

en los días de las grandes procesiones al frente
del pueblo, apoyado en la cruz: arma y
bastón,
en traje de batalla, el esculpido rostro de sílex
aspirando como un incienso precioso el humo
de los fusilamientos,
los fines de semana en su casa blindada junto al
mar, al lado de su querida cubierta de joyas
de gas neón,
¿sólo el sapo es inmortal?

He aquí a la rabia verde y fría y a su cola de
navajas y vidrio cortado,
he aquí al perro y a su aullido sarnoso,
al maguey taciturno, al nopal y al candelabro
erizados, he aquí a la flor que sangra y hace
sangrar,
la flor de inexorable y tajante geometría como
un delicado instrumento de tortura,
he aquí a la noche de dientes largos y mirada
filosa, la noche que desuella con un pedernal
invisible,
oye a los dientes chocar uno contra otro,
oye a los huesos machacando a los huesos,

51

al tambor de piel humana golpeado por el fémur,
al tambor del pecho golpeado por el talón rabioso,
al tam-tam de los tímpanos golpeados por el sol
     delirante,
he aquí al polvo que se levanta como un rey ama-
     rillo y todo lo descuaja y danza solitario y se
     derrumba
como un árbol al que de pronto se le han secado
     las raíces, como una torre que cae de un solo
     tajo,
he aquí al hombre que cae y se levanta y come
     polvo y se arrastra,
al insecto humano que perfora la piedra y perfora
     los siglos y carcome la luz,
he aquí a la piedra rota, al hombre roto, a la luz
     rota.

¿Abrir los ojos o cerrarlos, todo es igual?
Castillos interiores que incendia el pensamiento
     porque otro más puro se levante, sólo fulgor
     y llama,
semilla de la imagen que crece hasta ser árbol y
     hace estallar el cráneo,
palabra que busca unos labios que la digan,

sobre la antigua fuente humana cayeron grandes
    piedras,
hay siglos de piedras, años de losas, minutos espe-
    sores sobre la fuente humana.

Dime, sequía, piedra pulida por el tiempo sin
    dientes, por el hambre sin dientes,
polvo molido por dientes que son siglos, por siglos
    que son hambres,
dime, cántaro roto caído en el polvo, dime,
¿la luz nace frotando hueso contra hueso, hombre
    contra hombre, hambre contra hambre,
hasta que surja al fin la chispa, el grito, la palabra,
hasta que brote al fin el agua y crezca el árbol de
    anchas hojas de turquesa?

Hay que dormir con los ojos abiertos, hay que
    soñar con las manos,
soñemos sueños activos de río buscando su cauce,
    sueños de sol soñando sus mundos,
hay que soñar en voz alta, hay que cantar hasta
    que el canto eche raíces, tronco, ramas, pája-
    ros, astros,
cantar hasta que el sueño engendre y brote del

costado del dormido la espiga roja de la
resurrección,
el agua de la mujer, el manantial para beber y
mirarse y reconocerse y recobrarse,
el manantial para saberse hombre, el agua que
habla a solas en la noche y nos llama con
nuestro nombre,
el manantial de las palabras para decir yo, tú, él,
nosotros, bajo el gran árbol viviente estatua
de la lluvia,
para decir los pronombres hermosos y reconocer-
nos y ser fieles a nuestros nombres
hay que soñar hacia atrás, hacia la fuente, hay
que remar siglos arriba,
más allá de la infancia, más allá del comienzo,
más allá de las aguas del bautismo,
echar abajo las paredes entre el hombre y el hombre, juntar de nuevo lo que fue separado,
vida y muerte no son mundos contrarios, somos
un solo tallo con dos flores gemelas,
hay que desenterrar la palabra perdida, soñar
hacia dentro y también hacia afuera,
descifrar el tatuaje de la noche y mirar cara a cara
al mediodía y arrancarle su máscara,

bañarse en luz solar y comer los frutos nocturnos,
     deletrear la escritura del astro y la del río,
recordar lo que dicen la sangre y la marea, la
     tierra y el cuerpo, volver al punto de partida,
ni adentro ni afuera, ni arriba ni abajo, al cruce
     de caminos, adonde empiezan los caminos,
porque la luz canta con un rumor de agua, con
     un rumor de follaje canta el agua
y el alba está cargada de frutos, el día y la noche
     reconciliados fluyen como un río manso,
el día y la noche se acarician largamente como un
     hombre y una mujer enamorados,
como un solo río interminable bajo arcos de siglos
     fluyen las estaciones y los hombres,
hacia allá, al centro vivo del origen, más allá de
     fin y comienzo.

México, 1955

PIEDRA DE SOL

La treizième revient... c'est encor la première;
et c'est toujours la seule —ou c'est le seul moment;
car es-tu reine, ô toi, la première ou dernière?
es-tu roi, toi le seul ou le dernier amant?

GÉRARD DE NERVAL (*Arthémis*)

un sauce de cristal, un chopo de agua,
un alto surtidor que el viento arquea,
un árbol bien plantado mas danzante,
un caminar de río que se curva,
avanza, retrocede, da un rodeo
y llega siempre:
          un caminar tranquilo
de estrella o primavera sin premura,
agua que con los párpados cerrados
mana toda la noche profecías,
unánime presencia en oleaje,
ola tras ola hasta cubrirlo todo,
verde soberanía sin ocaso
como el deslumbramiento de las alas
cuando se abren en mitad del cielo,

un caminar entre las espesuras
de los días futuros y el aciago
fulgor de la desdicha como un ave
petrificando el bosque con su canto
y las felicidades inminentes
entre las ramas que se desvanecen,
horas de luz que pican ya los pájaros,
presagios que se escapan de la mano,

una presencia como un canto súbito,
como el viento cantando en el incendio,
una mirada que sostiene en vilo
al mundo con sus mares y sus montes,
cuerpo de luz filtrada por un ágata,
piernas de luz, vientre de luz, bahías,
roca solar, cuerpo color de nube,
color de día rápido que salta,
la hora centellea y tiene cuerpo,
el mundo ya es visible por tu cuerpo,
es transparente por tu transparencia,

voy entre galerías de sonidos,
fluyo entre las presencias resonantes,

voy por las transparencias como un ciego,
un reflejo me borra, nazco en otro,
oh bosque de pilares encantados,
bajo los arcos de la luz penetro
los corredores de un otoño diáfano,

voy por tu cuerpo como por el mundo,
tu vientre es una plaza soleada,
tus pechos dos iglesias donde oficia
la sangre sus misterios paralelos,
mis miradas te cubren como yedra,
eres una ciudad que el mar asedia,
una muralla que la luz divide
en dos mitades de color durazno,
un paraje de sal, rocas y pájaros
bajo la ley del mediodía absorto,

vestida del color de mis deseos
como mi pensamiento vas desnuda,
voy por tus ojos como por el agua,
los tigres beben sueño en esos ojos,
el colibrí se quema en esas llamas,
voy por tu frente como por la luna,

como la nube por tu pensamiento,
voy por tu vientre como por tus sueños,

tu falda de maíz ondula y canta,
tu falda de cristal, tu falda de agua,
tus labios, tus cabellos, tus miradas,
toda la noche llueves, todo el día
abres mi pecho con tus dedos de agua,
cierras mis ojos con tu boca de agua,
sobre mis huesos llueves, en mi pecho
hunde raíces de agua un árbol líquido,

voy por tu talle como por un río,
voy por tu cuerpo como por un bosque,
como por un sendero en la montaña
que en un abismo brusco se termina,
voy por tus pensamientos afilados
y a la salida de tu blanca frente
mi sombra despeñada se destroza,
recojo mis fragmentos uno a uno
y prosigo sin cuerpo, busco a tientas,

corredores sin fin de la memoria,
puertas abiertas a un salón vacío
donde se pudren todos los veranos,
las joyas de la sed arden al fondo,
rostro desvanecido al recordarlo,
mano que se deshace si la toco,
cabelleras de arañas en tumulto
sobre sonrisas de hace muchos años,

a la salida de mi frente busco,
busco sin encontrar, busco un instante,
un rostro de relámpago y tormenta
corriendo entre los árboles nocturnos,
rostro de lluvia en un jardín a oscuras,
agua tenaz que fluye a mi costado,

busco sin encontrar, escribo a solas,
no hay nadie, cae el día, cae el año,
caigo con el instante, caigo a fondo,
invisible camino sobre espejos
que repiten mi imagen destrozada,
piso días, instantes caminados,
piso los pensamientos de mi sombra,
piso mi sombra en busca de un instante,

busco una fecha viva como un pájaro,
busco el sol de las cinco de la tarde
templado por los muros de tezontle:
la hora maduraba sus racimos
y al abrirse salían las muchachas
de su entraña rosada y se esparcían
por los patios de piedra del colegio,
alta como el otoño caminaba
envuelta por la luz bajo la arcada
y el espacio al ceñirla la vestía
de una piel más dorada y transparente,

tigre color de luz, pardo venado
por los alrededores de la noche,
entrevista muchacha reclinada
en los balcones verdes de la lluvia,
adolescente rostro innumerable,
he olvidado tu nombre, Melusina,
Laura, Isabel, Perséfona, María,
tienes todos los rostros y ninguno,
eres todas las horas y ninguna,
te pareces al árbol y a la nube,
eres todos los pájaros y un astro,
te pareces al filo de la espada

y a la copa de sangre del verdugo,
yedra que avanza, envuelve y desarraiga
al alma y la divide de sí misma,

escritura de fuego sobre el jade,
grieta en la roca, reina de serpientes,
columna de vapor, fuente en la peña,
circo lunar, peñasco de las águilas,
grano de anís, espina diminuta
y mortal que da penas inmortales,
pastora de los valles submarinos
y guardiana del valle de los muertos,
liana que cuelga del cantil del vértigo,
enredadera, planta venenosa,
flor de resurrección, uva de vida,
señora de la flauta y del relámpago,
terraza del jazmín, sal en la herida,
ramo de rosas para el fusilado,
nieve en agosto, luna del patíbulo,
escritura del mar sobre el basalto,
escritura del viento en el desierto,
testamento del sol, granada, espiga,

rostro de llamas, rostro devorado,
adolescente rostro perseguido
años fantasmas, días circulares
que dan al mismo patio, al mismo muro,
arde el instante y son un solo rostro
los sucesivos rostros de la llama,
todos los nombres son un solo nombre,
todos los rostros son un solo rostro,
todos los siglos son un solo instante
y por todos los siglos de los siglos
cierra el paso al futuro un par de ojos,

no hay nada frente a mí, sólo un instante
rescatado esta noche, contra un sueño
de ayuntadas imágenes soñado,
duramente esculpido contra el sueño,
arrancado a la nada de esta noche,
a pulso levantado letra a letra,
mientras afuera el tiempo se desboca
y golpea las puertas de mi alma
el mundo con su horario carnicero,

sólo un instante mientras las ciudades,
los nombres, los sabores, lo vivido,
se desmoronan en mi frente ciega,
mientras la pesadumbre de la noche
mi pensamiento humilla y mi esqueleto,
y mi sangre camina más despacio
y mis dientes se aflojan y mis ojos
se nublan y los días y los años
sus horrores vacíos acumulan,

mientras el tiempo cierra su abanico
y no hay nada detrás de sus imágenes
el instante se abisma y sobrenada
rodeado de muerte, amenazado
por la noche y su lúgubre bostezo,
amenazado por la algarabía
de la muerte vivaz y enmascarada
el instante se abisma y se penetra,
como un puño se cierra, como un fruto
que madura hacia dentro de sí mismo
y a sí mismo se bebe y se derrama
el instante translúcido se cierra
y madura hacia dentro, echa raíces,
crece dentro de mí, me ocupa todo,

me expulsa su follaje delirante,
mis pensamientos sólo son sus pájaros,
su mercurio circula por mis venas,
árbol mental, frutos sabor de tiempo,

oh vida por vivir y ya vivida,
tiempo que vuelve en una marejada
y se retira sin volver el rostro,
lo que pasó no fue pero está siendo
y silenciosamente desemboca
en otro instante que se desvanece:

frente a la tarde de salitre y piedra
armada de navajas invisibles
una roja escritura indescifrable
escribes en mi piel y esas heridas
como un traje de llamas me recubren,
ardo sin consumirme, busco el agua,
y en tus ojos no hay agua, son de piedra,
y tus pechos, tu vientre, tus caderas
son de piedra, tu boca sabe a polvo,
tu boca sabe a tiempo emponzoñado,
tu cuerpo sabe a pozo sin salida,

pasadizo de espejos que repiten
los ojos del sediento, pasadizo
que vuelve siempre al punto de partida,
y tú me llevas ciego de la mano
por esas galerías obstinadas
hacia el centro del círculo y te yergues
como un fulgor que se congela en hacha,
como luz que desuella, fascinante
como el cadalso para el condenado,
flexible como el látigo y esbelta
como un arma gemela de la luna,
y tus palabras afiladas cavan
mi pecho y me despueblan y vacían,
uno a uno me arrancas los recuerdos,
he olvidado mi nombre, mis amigos
gruñen entre los cerdos o se pudren
comidos por el sol en un barranco,

no hay nada en mí sino una larga herida,
una oquedad que ya nadie recorre,
presente sin ventanas, pensamiento
que vuelve, se repite, se refleja
y se pierde en su misma transparencia,
conciencia traspasada por un ojo

que se mira mirarse hasta anegarse
de claridad:

            yo vi tu atroz escama,
Melusina, brillar verdosa al alba,
dormías enroscada entre las sábanas
y al despertar gritaste como un pájaro
y caíste sin fin, quebrada y blanca,
nada quedó de ti sino tu grito,
y al cabo de los siglos me descubro
con tos y mala vista, barajando
viejas fotos:

            no hay nadie, no eres nadie,
un montón de ceniza y una escoba,
un cuchillo mellado y un plumero,
un pellejo colgado de unos huesos,
un racimo ya seco, un hoyo negro
y en el fondo del hoyo los dos ojos
de una niña ahogada hace mil años,

miradas enterradas en un pozo,
miradas que nos ven desde el principio,
mirada niña de la madre vieja
que ve en el hijo grande un padre joven,
mirada madre de la niña sola

que ve en el padre grande un hijo niño,
miradas que nos miran desde el fondo
de la vida y son trampas de la muerte
—¿o es al revés: caer en esos ojos
es volver a la vida verdadera?,

¡caer, volver, soñarme y que me sueñen
otros ojos futuros, otra vida,
otras nubes, morirme de otra muerte!
—esta noche me basta, y este instante
que no acaba de abrirse y revelarme
dónde estuve, quién fui, cómo te llamas,
cómo me llamo yo:

              ¿hacía planes
para el verano —y todos los veranos—
en Christopher Street, hace diez años,
con Filis que tenía dos hoyuelos
donde bebían luz los gorriones?,
¿por la Reforma Carmen me decía
"no pesa el aire, aquí siempre es octubre",
o se lo dijo a otro que he perdido
o yo lo invento y nadie me lo ha dicho?,
¿caminé por la noche de Oaxaca,
inmensa y verdinegra como un árbol,

hablando solo como el viento loco
y al llegar a mi cuarto —siempre un cuarto—
no me reconocieron los espejos?,
¿desde el hotel Vernet vimos al alba
bailar con los castaños —"ya es muy tarde"
decías al peinarte y yo veía
manchas en la pared, sin decir nada?,
¿subimos juntos a la torre, vimos
caer la tarde desde el arrecife?,
¿comimos uvas en Bidart?, ¿compramos
gardenias en Perote?,

                       nombres, sitios,
calles y calles, rostros, plazas, calles,
estaciones, un parque, cuartos solos,
manchas en la pared, alguien se peina,
alguien canta a mi lado, alguien se viste,
cuartos, lugares, calles, nombres, cuartos,

Madrid, 1937,
en la Plaza del Ángel las mujeres
cosían y cantaban con sus hijos,
después sonó la alarma y hubo gritos,
casas arrodilladas en el polvo,
torres hendidas, frentes escupidas

y el huracán de los motores, fijo:
los dos se desnudaron y se amaron
por defender nuestra porción eterna,
nuestra ración de tiempo y paraíso,
tocar nuestra raíz y recobrarnos,
recobrar nuestra herencia arrebatada
por ladrones de vida hace mil siglos,
los dos se desnudaron y besaron
porque las desnudeces enlazadas
saltan el tiempo y son invulnerables,
nada las toca, vuelven al principio,
no hay tú ni yo, mañana, ayer ni nombres,
verdad de dos en sólo un cuerpo y alma,
oh ser total...

                cuartos a la deriva
entre ciudades que se van a pique,
cuartos y calles, nombres como heridas,
el cuarto con ventanas a otros cuartos
con el mismo papel descolorido
donde un hombre en camisa lee el periódico
o plancha una mujer; el cuarto claro
que visitan las ramas del durazno;
el otro cuarto: afuera siempre llueve
y hay un patio y tres niños oxidados;

cuartos que son navíos que se mecen
en un golfo de luz; o submarinos:
el silencio se esparce en olas verdes,
todo lo que tocamos fosforece;
mausoleos del lujo, ya roídos
los retratos, raídos los tapetes;
trampas, celdas, cavernas encantadas,
pajareras y cuartos numerados,
todos se transfiguran, todos vuelan,
cada moldura es nube, cada puerta
da al mar, al campo, al aire, cada mesa
es un festín; cerrados como conchas
el tiempo inútilmente los asedia,
no hay tiempo ya, ni muro: ¡espacio, espacio,
abre la mano, coge esta riqueza,
corta los frutos, come de la vida,
tiéndete al pie del árbol, bebe el agua!,

todo se transfigura y es sagrado,
es el centro del mundo cada cuarto,
es la primera noche, el primer día,
el mundo nace cuando dos se besan,
gota de luz de entrañas transparentes

el cuarto como un fruto se entreabre
o estalla como un astro taciturno
y las leyes comidas de ratones,
las rejas de los bancos y las cárceles,
las rejas de papel, las alambradas,
los timbres y las púas y los pinchos,
el sermón monocorde de las armas,
el escorpión meloso y con bonete,
el tigre con chistera, presidente
del Club Vegetariano y la Cruz Roja,
el burro pedagogo, el cocodrilo
metido a redentor, padre de pueblos,
el Jefe, el tiburón, el arquitecto
del porvenir, el cerdo uniformado,
el hijo predilecto de la Iglesia
que se lava la negra dentadura
con el agua bendita y toma clases
de inglés y democracia, las paredes
invisibles, las máscaras podridas
que dividen al hombre de los hombres,
al hombre de sí mismo,

                              se derrumban
por un instante inmenso y vislumbramos
nuestra unidad perdida, el desamparo

que es ser hombres, la gloria que es ser
        hombres
y compartir el pan, el sol, la muerte,
el olvidado asombro de estar vivos;

amar es combatir, si dos se besan
el mundo cambia, encarnan los deseos,
el pensamiento encarna, brotan alas
en las espaldas del esclavo, el mundo
es real y tangible, el vino es vino,
el pan vuelve a saber, el agua es agua,
amar es combatir, es abrir puertas,
dejar de ser fantasma con un número
a perpetua cadena condenado
por un amo sin rostro;
                    el mundo cambia
si dos se miran y se reconocen,
amar es desnudarse de los nombres:
"déjame ser tu puta", son palabras
de Eloísa, mas él cedió a las leyes,
la tomó por esposa y como premio
lo castraron después;
                    mejor el crimen,

los amantes suicidas, el incesto
de los hermanos como dos espejos
enamorados de su semejanza,
mejor comer el pan envenenado,
el adulterio en lechos de ceniza,
los amores feroces, el delirio,
su yedra ponzoñosa, el sodomita
que lleva por clavel en la solapa
un gargajo, mejor ser lapidado
en las plazas que dar vuelta a la noria
que exprime la sustancia de la vida,
cambia la eternidad en horas huecas,
los minutos en cárceles, el tiempo
en monedas de cobre y mierda abstracta;

mejor la castidad, flor invisible
que se mece en los tallos del silencio,
el difícil diamante de los santos
que filtra los deseos, sacia al tiempo,
nupcias de la quietud y el movimiento,
canta la soledad en su corola,
pétalo de cristal es cada hora,
el mundo se despoja de sus máscaras
y en su centro, vibrante transparencia,

lo que llamamos Dios, el ser sin nombre,
se contempla en la nada, el ser sin rostro
emerge de sí mismo, sol de soles,
plenitud de presencias y de nombres;

sigo mi desvarío, cuartos, calles,
camino a tientas por los corredores
del tiempo y subo y bajo sus peldaños
y sus paredes palpo y no me muevo,
vuelvo adonde empecé, busco tu rostro,
camino por las calles de mí mismo
bajo un sol sin edad, y tú a mi lado
caminas como un árbol, como un río
caminas y me hablas como un río,
creces como una espiga entre mis manos,
lates como una ardilla entre mis manos,
vuelas como mil pájaros, tu risa
me ha cubierto de espumas, tu cabeza
es un astro pequeño entre mis manos,
el mundo reverdece si sonríes
comiendo una naranja,
                 el mundo cambia
si dos, vertiginosos y enlazados,
caen sobre la yerba: el cielo baja,

los árboles ascienden, el espacio
sólo es luz y silencio, sólo espacio
abierto para el águila del ojo,
pasa la blanca tribu de las nubes,
rompe amarras el cuerpo, zarpa el alma,
perdemos nuestros nombres y flotamos
a la deriva entre el azul y el verde,
tiempo total donde no pasa nada
sino su propio transcurrir dichoso,

no pasa nada, callas, parpadeas
(silencio: cruzó un ángel este instante
grande como la vida de cien soles),
¿no pasa nada, sólo un parpadeo?
—y el festín, el destierro, el primer crimen,
la quijada del asno, el ruido opaco
y la mirada incrédula del muerto
al caer en el llano ceniciento,
Agamenón y su mugido inmenso
y el repetido grito de Casandra
más fuerte que los gritos de las olas,
Sócrates en cadenas (el sol nace,
morir es despertar: "Critón, un gallo

a Esculapio, ya sano de la vida"),
el chacal que diserta entre las ruinas
de Nínive, la sombra que vio Bruto
antes de la batalla, Moctezuma
en el lecho de espinas de su insomnio,
el viaje en la carreta hacia la muerte
—el viaje interminable mas contado
por Robespierre minuto tras minuto,
la mandíbula rota entre las manos—,
Churruca en su barrica como un trono
escarlata, los pasos ya contados
de Lincoln al salir hacia el teatro,
el estertor de Trotski y sus quejidos
de jabalí, Madero y su mirada
que nadie contestó: ¿por qué me matan?,
los carajos, los ayes, los silencios
del criminal, el santo, el pobre diablo,
cementerios de frases y de anécdotas
que los perros retóricos escarban,
el delirio, el relincho, el ruido oscuro
que hacemos al morir y ese jadeo
de la vida que nace y el sonido
de huesos machacados en la riña
y la boca de espuma del profeta

y su grito y el grito del verdugo
y el grito de la víctima...

                      son llamas
los ojos y son llamas lo que miran,
llama la oreja y el sonido llama,
brasa los labios y tizón la lengua,
el tacto y lo que toca, el pensamiento
y lo pensado, llama el que lo piensa,
todo se quema, el universo es llama,
arde la misma nada que no es nada
sino un pensar en llamas, al fin humo:
no hay verdugo ni víctima...

                    ¿y el grito
en la tarde del viernes?, y el silencio
que se cubre de signos, el silencio
que dice sin decir, ¿no dice nada?,
¿no son nada los gritos de los hombres?,
¿no pasa nada cuando pasa el tiempo?

—no pasa nada, sólo un parpadeo
del sol, un movimiento apenas, nada,
no hay redención, no vuelve atrás el tiempo,
los muertos están fijos en su muerte
y no pueden morirse de otra muerte,

intocables, clavados en su gesto,
desde su soledad, desde su muerte
sin remedio nos miran sin mirarnos,
su muerte ya es la estatua de su vida,
un siempre estar ya nada para siempre,
cada minuto es nada para siempre,
un rey fantasma rige tus latidos
y tu gesto final, tu dura máscara
labra sobre tu rostro cambiante:
el monumento somos de una vida
ajena y no vivida, apenas nuestra,

—¿la vida, cuándo fue de veras nuestra?,
¿cuándo somos de veras lo que somos?,
bien mirado no somos, nunca somos
a solas sino vértigo y vacío,
muecas en el espejo, horror y vómito,
nunca la vida es nuestra, es de los otros,
la vida no es de nadie, todos somos
la vida —pan de sol para los otros,
los otros todos que nosotros somos—,
soy otro cuando soy, los actos míos
son más míos si son también de todos,
para que pueda ser he de ser otro,

salir de mí, buscarme entre los otros,
los otros que no son si yo no existo,
los otros que me dan plena existencia,
no soy, no hay yo, siempre somos nosotros,
la vida es otra, siempre allá, más lejos,
fuera de ti, de mí, siempre horizonte,
vida que nos desvive y enajena,
que nos inventa un rostro y lo desgasta,
hambre de ser, oh muerte, pan de todos,

Eloísa, Perséfona, María,
muestra tu rostro al fin para que vea
mi cara verdadera, la del otro,
mi cara de nosotros siempre todos,
cara de árbol y de panadero,
de chofer y de nube y de marino,
cara de sol y arroyo y Pedro y Pablo,
cara de solitario colectivo,
despiértame, ya nazco:

                              vida y muerte
pactan en ti, señora de la noche,
torre de claridad, reina del alba,
virgen lunar, madre del agua madre,
cuerpo del mundo, casa de la muerte,

caigo sin fin desde mi nacimiento,
caigo en mí mismo sin tocar mi fondo,
recógeme en tus ojos, junta el polvo
disperso y reconcilia mis cenizas,
ata mis huesos divididos, sopla
sobre mi ser, entiérrame en tu tierra,
tu silencio dé paz al pensamiento
contra sí mismo airado;

                  abre la mano,
señora de semillas que son días,
el día es inmortal, asciende, crece,
acaba de nacer y nunca acaba,
cada día es nacer, un nacimiento
es cada amanecer y yo amanezco,
amanecemos todos, amanece
el sol cara de sol, Juan amanece
con su cara de Juan cara de todos,

puerta del ser, despiértame, amanece,
déjame ver el rostro de este día,
déjame ver el rostro de esta noche,
todo se comunica y transfigura,
arco de sangre, puente de latidos,
llévame al otro lado de esta noche,

adonde yo soy tú somos nosotros,
al reino de pronombres enlazados,

puerta del ser: abre tu ser, despierta,
aprende a ser también, labra tu cara,
trabaja tus facciones, ten un rostro
para mirar mi rostro y que te mire,
para mirar la vida hasta la muerte,
rostro de mar, de pan, de roca y fuente,
manantial que disuelve nuestros rostros
en el rostro sin nombre, el ser sin rostro,
indecible presencia de presencias...

quiero seguir, ir más allá, y no puedo:
se despeñó el instante en otro y otro,
dormí sueños de piedra que no sueña
y al cabo de los años como piedras
oí cantar mi sangre encarcelada,
con un rumor de luz el mar cantaba,
una a una cedían las murallas,
todas las puertas se desmoronaban
y el sol entraba a saco por mi frente,
despegaba mis párpados cerrados,
desprendía mi ser de su envoltura,

me arrancaba de mí, me separaba
de mi bruto dormir siglos de piedra
y su magia de espejos revivía
un sauce de cristal, un chopo de agua,
un alto surtidor que al viento arquea,
un árbol bien plantado mas danzante,
un caminar de río que se curva,
avanza, retrocede, da un rodeo
y llega siempre:

México, 1957

ÍNDICE

Este libro se terminó de imprimir y encuadernar
en el mes de noviembre de 1995 en Impresora y
Encuadernadora Progreso, S. A. de C. V. (IEPSA),
Calz. de San Lorenzo, 244; 09830 México, D. F. Se
tiraron 2 000 ejemplares.